»... leichthin über Liebe und Tod«

»... leichthin über Liebe und Tod«

EIN PROGRAMM DEUTSCHER LYRIK

VON

OSKAR ANSULL

UND

GEORG EYRING

HAFFMANS VERLAG

Nach- und Hinweise zu den einzelnen 51 Gedichten
am Schluß des Bandes.

Umschlagzeichnung
und Zwischentitelvignetten von
Volker Kriegel

Satz: Gaby Michel, Gießen
Herstellung: Offizin Andersen Nexö, Leipzig
ISBN 3 251 00401 8

INHALT

I.

II.

III.

IV.

I.

Johann Christian Günther

Als er der Phillis einen Ring mit einem Totenkopfe überreichte

Erschrick nicht vor dem Liebeszeichen,
Es träget unser künftig Bild,
Vor dem nur die allein erbleichen,
Bei welchen die Vernunft nichts gilt.
Wie schickt sich aber Eis und Flammen?
Wie reimt sich Lieb und Tod zusammen?
Es schickt und reimt sich gar zu schön,
Denn beide sind von gleicher Stärke
Und spielen ihre Wunderwerke
Mit allen, die auf Erden gehn.

Ich gebe dir dies Pfand zur Lehre:
Das Gold bedeutet feste Treu,
Der Ring, daß uns die Zeit verehre,
Die Täubchen, wie vergnügt man sei;
Der Kopf erinnert dich des Lebens,
Im Grab ist aller Wunsch vergebens,
Drum lieb und lebe, weil man kann,
Wer weiß, wie bald wir wandern müssen!
Das Leben steckt im treuen Küssen,
Ach, fang den Augenblick noch an!

Franz Grillparzer

Kuß

Auf die Hände küßt die Achtung,
Freundschaft auf die offne Stirn,
Auf die Wange Wohlgefallen,
Sel'ge Liebe auf den Mund;
Aufs geschloßne Aug die Sehnsucht,
In die hohle Hand Verlangen,
Arm und Nacken die Begierde;
Übrall sonst die Raserei.

Peter Rühmkorf

Aufwachen und wiederfinden

Also gut, dein Unendlichkeitsfimmel,
also schön, mein Sterblichkeitswahn –
Aber oben im Drehkipphimmel
geht das große Lachstreiben an.

Wie die Liebe entbrennt und sich windet
im zugigen Brautgemach –
Immerzu! was am Abend nicht zündet,
das glüht am Morgen nicht nach.

Solang deine Backen noch rot sind,
immerzu! und die Seufzer beseelt:
Wenn alle Beteiligten tot sind,
ist es gerade dies, was uns fehlt –

Und bin ich ein reisiger Schwalber,
dann verlang nicht nach ewiger Ruh;
aber zähle gerechtigkeitshalber
auch die Stunden d a v o r mit dazu.

Und bin ich der Fliegende Robert,
dann vergiß, was du sonst noch so siehst:
Wie Efeu den Birnbaum erobert
und ein halbes Jahrhundert umschließt –

Der Mond, der skalpierte Apatsche,
sieht schon alles in tieferem Rot,
dich, mich und mein Wehmutsgequatsche
leichthin über Liebe und Tod …

Sich verlieren aus vielerlei Gründen –
Sich verschlucken am letzten Salü –
Und erwachen – und wiederfinden
die Liebste morgens früh –

Joachim Ringelnatz
Nahm mich mit in ihrem Auto

Pfirsich-rauh
War diese Frau – –

Sind wir so nach Jahren,
Schwatzend in Erinnerung,
Sie am Steuer, ich im Schwung,
Völlig falsch gefahren.

Autofahrt, die Fahrgeld spart,
Und mich doch – zu rasch – dorthin,
Wohin mußte, brachte –

Ob ich wohl ein Esel bin,
Weil ich zu dem Pfirsich-rauh
Weniger tat als dachte!?!

Martin Opitz

Ode

Ach Liebste, laß uns eilen,
Wir haben Zeit:
Es schadet das Verweilen
Uns beiderseit.

Der edlen Schönheit Gaben
Fliehn Fuß für Fuß,
Daß alles, was wir haben,
Verschwinden muß.

Der Wangen Zier verbleichet,
Das Haar wird greis,
Der Augen Feuer weichet,
Die Brunst wird Eis.

Das Mündlein von Korallen
Wird ungestalt,
Die Händ als Schnee verfallen,
Und du wirst alt.

Drum laß uns jetzt genießen
Der Jugend Frucht,
Eh als wir folgen müssen
Der Jahre Flucht.

Wo du dich selber liebest,
So liebe mich!
Gib mir das, wann du gibest,
Verlier auch ich.

Theodor Storm

Nur heute ist, und morgen ist zu spät!
Hast du ein Weib, so nimm sie in den Arm
Und hauch's ihr ein, daß sie es auch versteht.

Fällt auf ihr Antlitz dann des Abgrunds Schein,
Der heut noch oder morgen euch begräbt,
Getrost! nur um so schöner wird sie sein.

Und bebt ihr Herz, dann halte sie so fest,
Daß ihr zusammen in die Tiefe stürzt.
Was wollt ihr mehr! – Und Schweigen ist der Rest.

Gottfried August Bürger
Impromptu

Ein Liedchen der Liebe verlangst du von mir? –
Gern, liebliches Mädchen! gern säng' ich es dir;
    Doch zärtlichen Herzen
    Macht Liebe nur Schmerzen;
Drum, liebliches Mädchen, drum schweig' ich von ihr.

Der Feige wird herzhaft, der Prasser genau,
Der Karge verschwendrisch, der Dumme wird schlau,
    Und, Amorn zum Preise,
    Vergafft sich der Weise;
Der Hagestolz seufzet nach Mädchen sich grau.

Doch ach! mit unendlicher Traurigkeit ringt
Ein Herz, das die Liebe mit Rosen umschlingt,
    Wenn Eifersucht=Schrecken
    Den Liebenden wecken,
Wer ist, der die Schmerzen der Liebe besingt?

Drum, reizendes Mädchen! drum singt mein Gedicht
Das Süße der schmeichelnden Liebe dir nicht;
    Denn zärtlichen Herzen
    Macht Liebe nur Schmerzen;
Drum, liebliches Mädchen! sing' ich sie dir nicht.

Robert Gernhardt

Schöne Frauen ohne Gnade

(Wörtliche Fassung)

Schöne Fraun, die am Morgen nicht wissen:
In was werden wir uns am Abend verwandelt haben
betrachten sich verliebt im Spiegel:
Ich bin hier und dort zugleich, also lebe ich

Sie finden nichts dabei, sich hinzugeben
doch noch lieber nehmen sie
Dabei scheuen sie keine Täuschung
und nicht das Geräusch brechender Herzen

unter ihren festen Füßchen. Sie lieben dieses Knacken
das ihren Weg durch den Tag begleitet
wenn sie den Boden einebnen

und sie überhören das Gewimmer um Gnade:
Nur wer einen solchen Tag übersteht
wird nachts ihr Verlangen nach Freude stillen können.

Heinrich Heine

Die Fensterschau

Der bleiche Heinrich ging vorbei,
Schön Hedwig lag am Fenster.
Sie sprach halblaut: Gott steh' mir bei,
Der unten schaut bleich wie Gespenster!

Der unten erhub sein Aug' in die Höh',
Hinschmachtend nach Hedewigs Fenster.
Schön Hedwig ergriff es wie Liebesweh,
Auch sie ward bleich wie Gespenster.

Schön Hedwig stand nun mit Liebesharm
Tagtäglich lauernd am Fenster.
Bald aber lag sie in Heinrichs Arm,
Allnächtlich zur Zeit der Gespenster.

Eduard Mörike

Erstes Liebeslied eines Mädchens

Was im Netze? Schau einmal!
Aber ich bin bange;
Greif' ich einen süßen Aal?
Greif' ich eine Schlange?

Lieb' ist blinde
Fischerin;
Sagt dem Kinde,
Wo greift's hin?

Schon schnellt mir's in Händen.
Ach Jammer! o Lust!
Mit Schmiegen und Wenden
Mir schlüpft's an die Brust.

Es beißt sich, o Wunder!
Mir keck durch die Haut,
Schießt's Herze hinunter!
O Liebe, mir graut!

Was tun, was beginnen?
Das schaurige Ding,
Es schnalzet da drinnen,
Es legt sich im Ring.

Gift muß ich haben.
Hier schleicht es herum,
Tut wonniglich graben
Und bringt mich noch um!

Matthias Claudius
Der Tod und das Mädchen

Das Mädchen.
Vorüber! Ach vorüber!
Geh wilder Knochenmann!
Ich bin noch jung, geh Lieber!
Und rühre mich nicht an.

Der Tod.
Gib deine Hand, Du schön und zart Gebild!
Bin Freund, und komme nicht, zu strafen.
Sey gutes Muths, ich bin nicht wild,
Sollst sanft in meinen Armen schlafen!

Johannes Bobrowski
Liebeslied

Aus Wolkenwehn der Mond. Die nackten Äste
aus Schweigen langer Nächte. Keine Pfade
als unterm Laub. Die Käferspur darin.

Das Äußre tastet an den Wänden innen.
Kaum unterm Wind der Sonnenrose Stamm
und ohne Haupt.

Die Blätter wirbeln auf.
Es wird dir meine Qual
gehören ohne Angst. Und lautlos.

Rudolf Borchardt
Manon

Mein teurer Freund, gewiß, du dauerst
Mich sehr, so einsam nachts vor meinem Haus!
Ich fühl es schmerzlich, was du so betrauerst:
Aber einmal ist es eben aus.

Sieh, ewig währt ja nichts auf dieser Erden:
Zum Beispiel, hier, fing etwas Neues an.
Es kann etwas sehr Schönes daraus werden;
Sicher ist es nicht bis jetzt, – es kann.

An barem Gelde wird mirs nicht mehr fehlen.
Aus welchen Taschen? weiß mein Kavalier.
Doch sollt er je wie andre dich bestehlen,
Ich entschädige dich, vielleicht, bei mir.

Für deine Bitten, Schwüre, Briefe, Sorgen
Hab ich nur Tränen. Zwar, wenn dus verlangst,
Laß michs nur wissen, treffen wir uns morgen:
Dächte man wohl gar, ich hätte Angst!

Ich kann es alles zu vertreten wagen,
Wie über mich dies Schöne, Neue kam:
Wenn dir dran liegt – : will ich Dirs alles sagen,
Nur, erlaß mir dann die falsche Scham!

Nur in den schönen Stunden, wenn ich dein war,
So will mir scheinen, hab ich dich geliebt!
Obs dann auch Liebe war, und wirklich rein war?
Sicher bin ich nicht, daß es das gibt.

Nimm meine Freundschaft, Guter! Dazu paßt du
So gut! wie ich, du weißt, auch immer fand.
Zum Anderen etwas weniger; auch hast du
Von jeher mein Naturell verkannt:

Ich halte mich wie das Glück auf seinem Balle,
Doch werd ich wackelig, wenn ich lange steh.
Stelle mich nicht zu hoch, mein Freund. Ich falle
Sonst herunter, und du tust dir weh.

Joachim Ringelnatz

Ansprache eines Fremden an eine Geschminkte vor dem Wilberforcemonument

Guten Abend, schöne Unbekannte! Es ist nachts
halb zehn.
Würden Sie liebenswürdigerweise mit mir
schlafen gehn?
Wer ich bin? – Sie meinen, wie ich heiße?

Liebes Kind, ich werde Sie belügen,
Denn ich schenke dir drei Pfund.
Denn ich küsse niemals auf den Mund.
Von uns beiden bin ich der Gescheitre.
Doch du darfst mich um drei weitre
Pfund betrügen.

Glaube mir, liebes Kind:
Wenn man einmal in Sansibar
Und in Tirol und im Gefängnis und in Kalkutta war,
Dann merkt man erst, daß man nicht weiß,
wie sonderbar
Die Menschen sind.

Deine Ehre, zum Beispiel, ist nicht dasselbe
Wie bei Peter dem Großen L'honneur. –
Übrigens war ich – (Schenk mir das gelbe
Band!) – in Altona an der Elbe
Schaufensterdekorateur. –

Hast du das Tuten gehört?
Das ist Wilson Line.

Wie? Ich sei angetrunken? O nein, nein! Nein!
Ich bin völlig besoffen und hundsgefährlich
geistesgestört.
Aber sechs Pfund sind immer ein Risiko wert.

Wie du mißtrauisch neben mir gehst!
Wart nur, ich erzähle dir schnurrige Sachen.
Ich weiß: Du wirst lachen.
Ich weiß: daß sie dich auch traurig machen.
Obwohl du sie gar nicht verstehst.

Und auch ich –
Du wirst mir vertrauen, – später, in Hose und Hemd.
Mädchen wie du haben mir immer vertraut.

Ich bin etwas schief ins Leben gebaut.
Wo mir alles rätselvoll ist und fremd,
Da wohnt meine Mutter. – Quatsch! Ich bitte dich:
Sei recht laut!

Ich bin eine alte Kommode.
Oft mit Tinte oder Rotwein begossen;
Manchmal mit Fußtritten geschlossen.
Der wird kichern, der nach meinem Tode
Mein Geheimfach entdeckt. –
Ach Kind, wenn du ahntest, wie Kunitzburger
Eierkuchen schmeckt!

Das ist nun kein richtiger Scherz.
Ich bin auch nicht richtig froh.
Ich habe auch kein richtiges Herz.
Ich bin nur ein kleiner, unanständiger Schalk.
Mein richtiges Herz. Das ist anderwärts, irgendwo
Im Muschelkalk.

II.

Johann Heinrich Voß

Da ging ich an dem Bach zu fischen
Mit meiner Angel hin,
Und hörte hinter Erlenbüschen
Die schöne Nachbarin.
Ich ließ die Angel an dem Bach,
Und ging dem lieben Mädchen nach.

»So einsam, Mädchen? Darf ich stören?
Hier sitzt man kühl und frisch.« –
»O gern! Ich suchte Heidelbeeren
In dieses Tals Gebüsch;
Allein die Mittagssonne sticht,
Auch lohnet es der Mühe nicht.« –

Ich setzte mich mit bangem Mute,
Mir lief's durch Mark und Bein,
Und neben meinem Fuße ruhte
Ihr Füßchen zart und klein,
Auf Gras und Blumen hingestreckt
Und bis zum Zwickel nur bedeckt.

Wir zitterten wie Maienblätter
Und wußten nicht warum;
Wir stammelten von Saat und Wetter
Und saßen wieder stumm
Und horchten auf die Melodien,
Die Kibitz und Rohrdommel schrien.

Jetzt kühner, stört ich sie im Stricken
    Und nahm den Knaul vom Schoß;
Doch herzhaft schlug sie mit dem Sticken
    Auf meine Finger los;
Und als sie hiermit nichts gewann,
Da setzte sie die Zähnchen an.

»O sieh, wie durch das Laub, mein Liebchen,
    Die Sonne dich bestrahlt
Und bald den Mund, bald Wang und Grübchen
    Mit glühndem Purpur malt!
Auf deinem Antlitz hüpft die Glut
Wie Abendrot auf sanfter Flut.«

Sie lächelte; ihr Busen strebte
    Mit Ungestüm empor,
Und aus den heißen Lippen bebte
    Ein leises »Ach!« hervor.
Ich nahte mich, und Mund an Mund
Versiegelten wir unsern Bund.

Theodor Storm

Weiße Rosen

1

Du bissest die zarten Lippen wund,
Das Blut ist danach geflossen;
Du hast es gewollt, ich weiß es wohl,
Weil einst mein Mund sie verschlossen.

Entfärben ließst du dein blondes Haar
In Sonnenbrand und Regen;
Du hast es gewollt, weil meine Hand
Liebkosend darauf gelegen.

Du stehst am Herd in Flammen und Rauch,
Daß die feinen Hände dir sprangen;
Du hast es gewollt, ich weiß es wohl,
Weil mein Auge daran gehangen.

2

Du gehst an meiner Seite hin
Und achtest meiner nicht;
Nun schmerzt mich deine weiße Hand,
Dein süßes Angesicht.

O sprich wie sonst ein liebes Wort,
Ein einzig Wort mir zu!
Die Wunden bluten heimlich fort,
Auch du hast keine Ruh.

Der Mund, der jetzt zu meiner Qual
Sich stumm vor mir verschließt,
Ich hab ihn ja so tausendmal,
Vieltausendmal geküßt.

Was einst so überselig war,
Bricht nun das Herz entzwei;
Das Aug, das meine Seele trank,
Sieht fremd an mir vorbei.

3

So dunkel sind die Straßen,
So herbstlich geht der Wind;
Leb wohl, meine weiße Rose,
Mein Herz, mein Weib, mein Kind.

So schweigend steht der Garten,
Ich wandre weit hinaus;
Er wird dir nicht verraten,
Daß ich nimmer kehr nach Haus.

Der Weg ist gar so einsam,
Es reist ja niemand mit;
Die Wolken nur am Himmel
Halten gleichen Schritt.

Ich bin so müd zum Sterben;
Drum blieb ich gern zu Haus,
Und schliefe gern das Leben
Und Lust und Leiden aus.

Joachim Ringelnatz

Trennung

Wink wink. Auf Wiedersehn!
Ausnand ist nicht Vergehn.
Wie Lokomotivenrauch
Wildweich zerstiebt – –
Dereinst doch, noch, auch ohne Hauch,
Liebt sich, was wirklich sich liebt.

Jetzt ist es Nachmittag.
Horch! – Klingt's wie tote Lieder?
Klingt es wie Trauertrommelschlag?
Sonja ade! – – Salü!

Ach! – – Aber morgen wieder,
Morgen ist's wieder früh!
Täteretä! Kükeriküh!

Bertolt Brecht

An R.

Geh ich zeitig in die Leere
Komm ich aus der Leere voll.
Wenn ich mit dem Nichts verkehre
Weiß ich wieder, was ich soll.

Wenn ich liebe, wenn ich fühle
Ist es eben auch Verschleiß
Aber dann, in der Kühle
Werd ich wieder heiß.

Frank Wedekind
Ilse

Ich war ein Kind von fünfzehn Jahren,
Ein reines unschuldsvolles Kind,
Als ich zum erstenmal erfahren,
Wie süß der Liebe Freuden sind.

Er nahm mich um den Leib und lachte
Und flüsterte: Es tut nicht weh!
Und dabei schob er, sachte, sachte
Mein Unterröckchen in die Höh'.

Seit jenem Tag lieb ich sie alle,
Des Lebens schönster Lenz ist mein;
Und wenn ich keinem mehr gefalle,
Dann will ich gern begraben sein.

Theodor Storm

Geh schlafen, Herz! Sie kommt nicht mehr,
Dereinst wohl wäre sie gekommen;
Doch hat die Zeit, wie manches sonst,
Auch dieses mir dahingenommen.

Ludwig Heinrich Christoph Hölty

Todtengräberlied

Grabe, Spaden, grabe,
Alles, was ich habe,
Dank ich, Spaden, dir!
Reich' und arme Leute
Werden meine Beute,
Kommen einst zu mir!

Weiland groß und edel,
Nickte dieser Schedel
Keinem Gruße Dank!
Dieses Beingerippe,
Ohne Wang' und Lippe,
Hatte Gold und Rang!

Jener Kopf mit Haaren
War vor wenig Jahren
Schön wie Engel sind!
Tausend junge Fentchen
Leckten ihm das Händchen,
Gafften sich halb blind!

Grabe, Spaden, grabe,
Alles, was ich habe,
Dank ich, Spaden, dir!
Reich' und arme Leute
Werden meine Beute,
Kommen einst zu mir!

Friedrich Nietzsche
Lied des Ziegenhirten

Da lieg' ich, krank im Gedärm –
Mich fressen die Wanzen.
Und drüben noch Licht und Lärm:
Ich hör's, sie tanzen.

Sie wollte um diese Stund'
Zu mir sich schleichen:
Ich warte wie ein Hund –
Es kommt kein Zeichen!

Das Kreuz, als sie's versprach!
Wie konnte sie lügen?
Oder läuft sie Jedem nach,
Wie meine Ziegen?

Woher ihr seidner Rock? –
Ah, meine Stolze?
Es wohnt noch mancher Bock
An diesem Holze?

Wie kraus und giftig macht
Verliebtes Warten!
So wächst bei schwüler Nacht
Giftpilz im Garten.

Die Liebe zehrt an mir
Gleich sieben Übeln –
Nichts mag ich essen schier,
Lebt wohl, ihr Zwiebeln!

Der Mond ging schon in's Meer,
Müd sind alle Sterne,
Grau kommt der Tag daher –
Ich stürbe gerne.

Eduard Mörike

Peregrina V.

Die Liebe, sagt man, steht am Pfahl gebunden,
Geht endlich arm, zerrüttet, unbeschuht;
Dies edle Haupt hat nicht mehr, wo es ruht,
Mit Tränen netzet sie der Füße Wunden.

Ach, Peregrinen hab' ich so gefunden!
Schön war ihr Wahnsinn, ihrer Wange Glut,
Noch scherzend in der Frühlingsstürme Wut,
Und wilde Kränze in das Haar gewunden.

War's möglich, solche Schönheit zu verlassen?
– So kehrt nur reizender das alte Glück.
O komm, in diese Arme dich zu fassen!

Doch weh! o weh! was soll mir dieser Blick?
Sie küßt mich zwischen Lieben noch und Hassen,
Sie kehrt sich ab und kehrt mir nie zurück.

Detlev Freiherr von Liliencron

Heimkehr

Nach all dem Blumenpflücken,
Gejachter und Entzücken,
Nach Tanz und Zymbelzug,
Nach all dem Kaffeetrinken,
Uns in die Arme sinken,
Hast endlich du genug.

Und durch verstummte Wälder,
Durch mondbeglänzte Felder
Erstreben wir dein Haus.
Schon flimmern einzelne Sterne,
In Grau verwebt die Ferne,
Und Spaß und Spiel sind aus.

Wir ziehn an Gärten, Hecken,
An plätschernden Marmorbecken
Vorbei wie schon im Traum.
Die Nachtigallen singen,
Gesang und Lärm verklingen,
Ein Toter steht der Baum.

Und müder wird dein Schreiten
Nach all den Herrlichkeiten,
Und schüchtern lacht die Lust.
Ich halte dich umfangen,
Bis wir zu dir gelangen;
Lehn dich an meine Brust.

Stütz dich, daß ich dich führe;
Schon dämmert deine Türe,
Nun ist der Gang vollbracht.
Noch einmal deine Hände,
Noch einen Kuß als Spende
Zur letzten Gutenacht.

Friedrich Rückert

Letzter Schmuck

Ich will, wann ich gestorben werde sein,
  Als Blume blühn aus meines Grabes Staube:
  Daß, die mich tötet jetzt, mich pflücke fein,
  Und Liebe noch einmal mein Leben raube.

Ich will, wann ihre schöne Hand mich pflückt,
  Daß sie nicht wisse, wen sie also pflücke;
  Daß sie, mit der ich lebend mich geschmückt,
  Im Tode doch mit mir einmal sich schmücke.

III.

Johann Wilhelm Ludwig Gleim

Einladung zur Liebe

Mädchen, wollt ihr mich nicht lieben?
Seht, hier lieg' ich in dem Schatten!
Seht mich nur, ihr müßt mich lieben!
Rosen blühen auf den Wangen,
In den Adern glühet Feuer,
In den Mienen lacht Vergnügen,
In den Augen locket Liebe,
Und bewegen sich die Lippen,
So bewegt sie Scherz und Freude.
Mädchen, wollt ihr mich nicht lieben?
Seht, hier lieg' ich in dem Schatten!
Mädchen, seht, wie schön ich liege!

Joseph Freiherr von Eichendorff
Im Walde

Es zog eine Hochzeit den Berg entlang,
Ich hörte die Vögel schlagen,
Da blitzten viel' Reiter, das Waldhorn klang,
Das war ein lustiges Jagen!

Und eh' ich's gedacht, war alles verhallt,
Die Nacht bedecket die Runde,
Nur von den Bergen noch rauschet der Wald
Und mich schauert im Herzensgrunde.

Fritz Graßhoff

Liebesgeständnis eines Apachen

Dich zu lieben vor allen Damen,
bin ich verdammt.
Ich pinkelte deinen Namen
in den Schnee vor dem Standesamt.

Ich könnte ihn mir in den Bast
mit dem Messer schreiben.
Nur weil du nichts davon hast,
lass' ich es bleiben.

Du bist ohne Treue,
aber voll Zunder im Moos!
Wie ich mich allemal freue,
geht die Ladung los!

Ich weiß, du hast einen Stich
in die linke Brust erhalten,
einen Stich mit dem Knief auf dem Strich,
von einem betrunkenen Balten.

Laß mich dir den zweiten versetzen
in die rechte Partie –
aus reinem Ergötzen
an der Symmetrie!

Ich weiß, du läßt es geschehen,
weil die Liebe dich treibt.
Der Schmerz wird vergehen.
Die Erinnerung bleibt.

Otto Jägersberg

Die Sinnlichkeit der Frauen

Ach die Sinnlichkeit der Frauen
ist ein seltsam Ding
Ganz selten für Sekunden nur
fühlen wir Aha so läuft das also
aber dann ist es auch schon wieder
vorbei

Frauenart warum gibt es das nur
Selbst der kleine Wühler
der Grottenforscher und Hausgeologe
weiß nicht weiter

Überall wahrlich überall vermuten wir
bei den Frauen den Sitz der Sinnlichkeit
Es ist zum Verrücktwerden wo ist nur
der geheimnisvolle Sitz der Sinnlichkeit
(Die Frauen kennen ihn
angeblich selbst nicht)

Wir erforschen die entlegensten Körpergegenden
bringen Markierungszeichen an
Wegweiser für unsere Nachfolger
nur unerschrocken weiter Jungs
hier gehts lang
dies ist der richtige Weg
zum Sitz der Sinnlichkeit

Denkste
Bei dieser erfolglosen Sucherei
bleiben wir ewig kleine Jungen
Die Frauen gehen längst herum
mit ihren frischen Hintern wie duftende
krustige Brotlaibe vom Schwarzwaldbäcker
und pfeifen auf den Sitz ihrer Sinnlichkeit
Spottlieder

Wilhelm Busch

Der Traum

Ich schlief. Da hatt ich einen Traum.
Mein Ich verließ den Seelenraum.

Frei vom gemeinen Tagesleben,
Vermocht ich leicht dahinzuschweben.

So, angenehm mich fortbewegend,
Erreicht ich eine schöne Gegend.

Wohin ich schwebte, wuchs empor
Alsbald ein bunter Blumenflor,
Und lustig schwärmten um die Dolden
Viel tausend Falter, rot und golden.

Ganz nah auf einem Lilienstengel,
Einsam und sinnend, saß ein Engel,
Und weil das Land mir unbekannt,
Fragt ich: Wie nennt sich dieses Land?

Hier, sprach er, ändern sich die Dinge.
Du bist im Reich der Schmetterlinge.

Ich aber, wohlgemut und heiter,
Zog achtlos meines Weges weiter.

Da kam, wie ich so weiter glitt,
Ein Frauenbild und schwebte mit,
Als ein willkommenes Geleite,
Anmutig lächelnd mir zur Seite,

Und um sie nie mehr loszulassen,
Dacht ich die Holde zu umfassen;
Doch eh ich Zeit dazu gefunden,
Schlüpft sie hinweg und ist verschwunden.

Mir war so schwül. Ich mußte trinken.
Nicht fern sah ich ein Bächlein blinken.
Ich bückte mich hinab zum Wasser.
Gleich faßt ein Arm, ein kalter blasser,
Vom Grund herauf mich beim Genick.

Zwar zog ich eilig mich zurück,
Allein der Hals war steif und krumm,
Nur mühsam dreht ich ihn herum,
Und ach, wie war es rings umher
Auf einmal traurig, öd und leer.

Von Schmetterlingen nichts zu sehn,
Die Blumen, eben noch so schön,
Sämtlich verdorrt, zerknickt, verkrumpelt.
So bin ich seufzend fortgehumpelt,
Denn mit dem Fliegen, leicht und frei,
War es nun leider auch vorbei.

Urplötzlich springt aus einem Graben,
Begleitet vom Geschrei der Raben,
Mir eine Hexe auf den Nacken
Und spornt mich an mit ihren Hacken
Und macht sich schwer wie Bleigewichte
Und drückt und zwickt mich fast zunichte,
Bis daß ich matt und lendenlahm
Zu einem finstern Walde kam.

Ein Jägersmann, dürr von Gestalt,
Trat vor und rief ein dumpfes Halt.

Schon liegt ein Pfeil auf seinem Bogen,
Schon ist die Sehne straff gezogen.
Jetzt trifft er dich ins Herz, so dacht ich,
Und von dem Todesschreck erwacht ich
Und sprang vom Lager ungesäumt,
Sonst hätt ich wohl noch mehr geträumt.

Robert Gernhardt

Ein Sonntagnachmittag bei Strindbergs

Wahnsinn, Schreie, wildes Fluchen:
»August, da ist Gift im Kuchen!«

Irrsinn, Funkeln, Widerworte:
»Harriet, iß jetzt deine Torte!«

Keuchen, Stöhnen, hartes Zischen:
»August, dich wird's auch erwischen!«

Schrecken, Schwanken, grelles Lachen:
»Harriet, halt! Sonst sinkt der Nachen!«

Wellen, Spritzen, wirre Stimmen:
»August, tritt mich nicht beim Schwimmen!«

Gurgeln, Schnappen, heis'res Beten:
»Harriet, du hast *mich* getreten!«

Aufschaun, Aufstehn, bleiche Rufer:
»Schaut, da ringt ein Paar am Ufer!«

Stutzen, Setzen, leises Lachen:
»Ach, die Strindbergs! Weitermachen!«

Otto Jägersberg

Geschlechtsverkehr

Eine umständliche Sache
meist lange Vorarbeiten

Wenns endlich losgeht
sind oft die Füße kalt

und dann tun die Knie weh
Bei längerem Geschlechtsverkehr
stellt sich in der Regel
Kniereißen ein

Niemand spricht darüber

Georg Weerth
Der Eichenwald ist düster

Der Eichenwald ist düster,
Die Welt wird gräulich grau,
Und drüben wohnt der Küster
Mit seiner alten Frau.

Die Frau mit ihrem Küster,
Der Küster mit seiner Frau –
Der Eichenwald ist düster,
Und die Welt wird gräulich grau.

Robert Gernhardt

Ein Septembernachmittag in der Heide

Immer wieder zieht der alte
Schäfer an der Weidenflöte
Immer wieder

Immer wieder hofft er sehnlichst
endlich einen Ton zu hören
Immer wieder

Immer wieder sagt sein Weib ihm
blasen müsse er, nicht ziehen
Immer wieder

Immer wieder winkt der Alte
kreischend ab und zieht aufs neue
Immer wieder

Beat Brechbühl

Ehepaar beim Nachtessen

Sie schweigen sich an.
Sie essen das graue Zeug.

Dann fallen sie
tot von den Stühlen.

Fritz Graßhoff

Roßhaar zerschnitten

Liebster, wo dein Wagen parkt,
verschied – wie die Ärzte sagen –
mein Mann an einem Herzinfarkt
bei seiner Geliebten im Wagen.

Du sollst erfahren, wie es war.
Er trieb es mit meiner Frisöse.
Ich schnitt dem Guten Pferdehaar
in die Hummermajonaise.

Wirst du mit einer andern intim –
Liebster, ich kann es spüren –
werde ich dir dasselbe wie ihm
in die Mayonaise rühren.

Du fühlst dich innen wie geharkt
und schleppst dich in deinen Wagen.
Er starb an einem Herzinfarkt,
werden die Ärzte sagen.

Man rechnet einen Löffel Haar
auf ein normales Essen.
Du spürst doch nichts? Noch nicht – nicht wahr?
Ich werde dich nie vergessen!

Gottfried Benn

Fürst Kraft

Fürst Kraft ist – liest man – gestorben.
Latifundien weit,
ererbte, hat er erworben,
eine Nachrufpersönlichkeit:
»übte unerschrocken Kontrolle,
ob jeder rechtens tat,
Aktiengesellschaft Wolle,
Aufsichtsrat.«

So starb er in den Sielen.
Doch wandt' er in Stunden der Ruh
höchsten sportlichen Zielen
sein Interesse zu;
immer wird man ihn nennen,
den delikaten Greis,
Schöpfer des Stutenrennen:
Kiscazonypreis.

Und niemals müde zu reisen!
Genug ist nicht genug!
Oft hörte man ihn preisen
den Rast-ich-so-rost-ich-Zug,
er stieg mit festen Schritten
in seinen Sleeping-car
und schon war er inmitten
von Rom und Sansibar.

So schuf er für das Ganze
und hat noch hochbetagt
im Bergrevier der Tatra
die flinke Gemse gejagt,
drum ruft ihm über die Bahre
neben der Industrie
alles Schöne, Gute, Wahre
ein letztes Halali.

Theodor Storm

Ein Sterbender

Am Fenster sitzt er, alt, gebrochnen Leibes,
Und trommelt müßig an die feuchten Scheiben;
Grau ist der Wintertag und grau sein Haar.
Mitunter auch besieht er aufmerksam
Der Adern Hüpfen auf der welken Hand.
Es geht zu Ende; ratlos irrt sein Aug
Von Tisch zu Tisch, drauf Schriftwerk aller Art,
Sein harrend, hoch und höher sich getürmt.
Vergebens! Was er täglich sonst bezwang,
Es ward ein Berg; er kommt nicht mehr hinüber.
Und dennoch, wenn auch trübe, lächelt er
Und sucht wie sonst noch mit sich selbst zu scherzen;
Ein Aktenstoß in tücht'gen Stein gehauen,
Es dünket ihn kein übel Epitaph.
Doch streng aufs neue schließet sich sein Mund;
Er kehrt sich ab, und wieder mit den grellen
Pupillen starrt er in die öde Luft
Und trommelt weiter an die Fensterscheiben.

Da wird es plötzlich hell; ein bleicher Strahl
Der Wintersonne leuchtet ins Gemach
Und auf ein Bild genüber an der Wand.
Und aus dem Rahmen tritt ein Mädchenkopf,
Darauf wie Frühtau noch die Jugend liegt;
Aus großen hold erstaunten Augen sprüht
Verheißung aller Erdenseligkeit.
Er kennt das Wort auf diesen roten Lippen,
Er nur allein. Erinnrung faßt ihn an;
Fata Morgana steigen auf betörend;

Lau wird die Luft – wie hold die Düfte wehen!
Mit Rosen ist der Garten überschüttet,
Auf allen Büschen liegt der Sonnenschein.
Die Bienen summen; und ein Mädchenlachen
Fliegt süß und silbern durch den Sommertag.
Sein Ohr ist trunken. »O, nur einmal noch!«
Er lauscht umsonst, und seufzend sinkt sein Haupt.
»Du starbst. – Wo bist du? – Gibt es eine Stelle
Noch irgendwo im Weltraum, wo du bist? –
Denn daß du mein gewesen, daß das Weib
Dem Manne gab der unbekannte Gott, –
Ach dieser unergründlich süße Trunk,
Und süßer stets, je länger du ihn trinkst,
Er läßt mich zweifeln an Unsterblichkeit;
Denn alle Bitternis und Not des Lebens
Vergilt er tausenfach; und drüberhin
Zu hoffen, zu verlangen weiß ich nichts!«
In leere Luft ausstreckt er seine Arme:
»Hier diese Räume, wo du einst gelebt,
Erfüllt ein Schimmer deiner Schönheit noch;
Nur mir erkennbar; wenn auch meine Augen
Geschlossen sind, von keinem dann gesehn.«

Vor ihm mit dunklem Weine steht ein Glas,
Und zitternd langet seine Hand danach;
Er schlürft ihn langsam, aber auch der Wein
Erfreut nicht mehr sein Herz. Er stützt das Haupt.
»Einschlafen, fühl ich, will das Ding, die Seele,
Und näher kommt die rätselhafte Nacht!« – –
Ihm unbewußt entfliehen die Gedanken
Und jagen sich im unermeßnen Raum. –
Da steigt Gesang, als wollt's ihn aufwärts tragen;

Von drüben aus der Kirche schwillt der Chor.
Und mit dem innern Auge sieht er sie,
So Mann als Weib, am Stamm des Kreuzes liegen.
Sie blicken in die bodenlose Nacht;
Doch ihre Augen leuchten feucht verklärt,
Als sähen sie im Urquell dort des Lichts
Das Leben jung und rosig auferstehn.
»Sie träumen,« spricht er – leise spricht er es –
»Und diese bunten Bilder sind ihr Glück.
Ich aber weiß es, daß die Todesangst
Sie im Gehirn der Menschen ausgebrütet.«
Abwehrend streckt er seine Hände aus:
»Was ich gefehlt, des einen bin ich frei;
Gefangen gab ich niemals die Vernunft,
Auch um die lockendste Verheißung nicht;
Was übrig ist, – ich harre in Geduld.«
Mit klaren Augen schaut der Greis umher;
Und während tiefer schon die Schatten fallen,
Erhebt er sich und schleicht von Stuhl zu Stuhl,
Und setzt sich noch einmal dort an den Tisch,
Wo ihm so manche Nacht die Lampe schien.
Noch einmal schreibt er; doch die Feder sträubt sich;
Sie, die bisher dem Leben nur gedient,
Sie will nicht gehen in den Dienst des Todes;
Er aber zwingt sie, denn sein Wille soll
So weit noch reichen, als er es vermag.

Die Wanduhr mißt mit hartem Pendelschlag,
Als dränge sie, die fliehenden Sekunden;
Sein Auge dunkelt; ungesehen naht,
Was ihm die Feder aus den Fingern nimmt.
Doch schreibt er mühsam noch in großen Zügen,

Und Dämmrung fällt wie Asche auf die Schrift:
»Auch bleib' der Priester meinem Grabe fern;
Zwar sind es Worte, die der Wind verweht,
Doch will es sich nicht schicken, daß Protest
Gepredigt werde dem, was ich gewesen,
Indes ich ruh im Bann des ew'gen Schweigens.«

Joachim Ringelnatz
Auf ein Grab

Ein Wind, gütig fächelnd,
Läßt Blätter und Tränen verwehn.
Empfange einst lächelnd,
Die weinend dir nachgesehn.

Gewesen, nicht vergessen;
Erinnert, doch verziehn.

Was uns Besitztum schien,
Hat keins von uns besessen,
War höchstens nur geliehn.

IV.

Friedrich Hölderlin
Sokrates und Alcibiades

»Warum huldigest du, heiliger Sokrates,
»Diesem Jünglinge stets? kennest du Größers nicht?
»Warum siehet mit Liebe,
»Wie auf Götter, dein Aug' auf ihn?

Wer das Tiefste gedacht, liebt das Lebendigste,
Hohe Jugend versteht, wer in die Welt geblikt
Und es neigen die Weisen
Oft am Ende zu Schönem sich.

Stefan George

Im windes-weben
War meine frage
Nur träumerei.
Nur lächeln war
Was du gegeben.
Aus nasser nacht
Ein glanz entfacht –
Nun drängt der mai·
Nun muss ich gar
Um dein aug und haar
Alle tage
In sehnen leben.

August Graf von Platen

Laß tief in dir mich lesen,
Verhehl' auch dies mir nicht,
Was für ein Zauberwesen
Aus deiner Stimme spricht?

So viele Worte dringen
An's Ohr uns ohne Plan,
Und während sie verklingen,
Ist alles abgetan.

Doch drängt auch nur von ferne
Dein Ton zu mir sich her,
Behorch' ich ihn so gerne,
Vergess' ich ihn so schwer!

Ich bebe dann, entglimme
Von allzurascher Glut:
Mein Herz und deine Stimme
Verstehn sich gar zu gut!

Wilhelm Lehmann

In Solothurn

Vor hundert Jahren suchte ich die schöne Magelone.
Sie liebte mich, ich war ihr gut genug.
Vor hundert Jahren, als mein Fuß mich schwebend trug.

Ich bin in Solothurn. Frag ich, ob sie hier wohne?
Die weiße Kathedrale fleht den Sommerhimmel an.
Auf hoher Treppe sitze ich, ein junggeglühter Mann.
Die alten Brunnenheiligen stehn schlank;
Die Wasser rauschen, Eichendorff zu Dank.

Hôtel de la Couronne. Mit goldnen Gittern schweifen die Balkone.
Ein Auto hielt. War sie's, die in den Sitz sich schwang?
Adieu! Dein Reiseschal des Windes Fang.

Die Brunnen rauschen. Ihre Stimme spricht
Uns hundert Jahre wieder ins Gedicht:
Mich, Peter von Provence, dich, Magelone.

Christian Morgenstern
Schauder

Jetzt bist du da, dann bist du dort.
Jetzt bist du nah, dann bist du fort.
Kannst du's fassen? Und über eine Zeit
gehen wir beide die Ewigkeit
dahin – dorthin. Und was blieb?…
Komm, schließ die Augen, und hab mich lieb!

Christian Morgenstern

Das Heideschaf

Du denkst wohl, ich will dich scheren,
ich will dir scheren die Woll'?
O nein, du mein Heidschnuckchen,
ich bin doch nicht Hans Zwoll!

Hans Zwoll mit seiner Schere,
der dir die Woll' abschert,
und drüben dann nach Hamburg
damit zu Markte fährt!

Du brauchst nicht so zu blöken,
du dummes, kleines Schaf. –
Ich bin doch nur Klaus Burrmann,
der Tierweltphotograph.

Joachim Ringelnatz
Balladette

Das war die sonst noch ziemlich fesche
Marie, die ihrem Prinzipal
In der Fabrik für Sterbewäsche
Drei schwarze Unterhosen stahl.

Und sandte, als es ruchbar wurde,
Dann das Gestohlene zurück.
Und diese mindestens absurde
Idee gereichte ihr zum Glück.

Der Prinzipal für Sterbewäsche,
Der nicht Karrieren gern verdarb,
Gab ihr so viel verdiente Dresche,
Daß sie ein Kind gebar und starb.

Gottfried Benn

Restaurant

Der Herr drüben bestellt sich noch ein Bier,
das ist mir angenehm, dann brauche ich mir keinen
Vorwurf zu machen
daß ich auch gelegentlich einen zische.
Man denkt immer gleich, man ist süchtig,
in einer amerikanischen Zeitschrift las ich sogar,
jede Zigarette verkürze das Leben um sechsunddreißig
Minuten,
das glaube ich nicht, vermutlich steht die Coca-Cola-
Industrie
oder eine Kaugummifabrik hinter dem Artikel.

Ein normales Leben, ein normaler Tod
das ist auch nichts. Auch ein normales Leben
führt zu einem kranken Tod. Überhaupt hat der Tod
mit Gesundheit und Krankheit nichts zu tun,
er bedient sich ihrer zu seinem Zwecke.

Wie meinen Sie das: der Tod hat mit Krankheit nichts
zu tun?
Ich meine das so: viele erkranken, ohne zu sterben,
also liegt hier noch etwas anderes vor,
ein Fragwürdigkeitsfragment,
ein Unsicherheitsfaktor,
er ist nicht so klar umrissen,
hat auch keine Hippe,
beobachtet, sieht um die Ecke, hält sich sogar zurück
und ist musikalisch in einer anderen Melodie.

Peter Rühmkorf

Paradise regained

Mal wieder ablaufend Tag, einschwebend Nacht,
Augen geschlossen, Augen vollkommen zugemacht,
Glieder hingestreckt, glattgestreift, ab in die Finsternis
dann –
Ach, berühr mich nochmal wie Ich-weiß-nicht-wer-
wann.

Hoffnung: Bleistiftstrich, wo verliert er sich? Taube
ruft ruckedigu.
Rühr meine Urne um, schlag den Deckel nicht zu.
Was mir zugrunde liegt, findet in sich keinen Sinn.
Ich will entwurzelt werden, ich will nicht mehr der
ich bin.

Ab wrack! – aus mach! – den Tag, den arbeitsteiligen.
Laß uns zuzweit, laß uns das Leben heiligen.
Da draußen in der Praxis ist das Gras noch grad grün,
und ich fühl was wie Abschied herzaufwärts von den
Knien.

Komm-komm, verrückt sind wir alle, oder etwa nicht?
Schweinsfarbene Dalie: aus siebzig Zungen ein Gesicht.
Willst du wissen, was schön ist? Bloß so: paar Blätter
zusammengeweht...
Laß uns ein Beispiel bilden, das eigentlich nicht mehr
geht.

Und dann bet schön zum Himmelgott, er möge mir
Gnade vergönnen.
Ich habe von meinen Sünden nie leben können.
Ich hab nur immer gesagt, das ist doch zu und zu
Scheiß,
daß ich euch, wenn ich wegsack, noch mit Geschirr
klimpern weiß.

Nein, ganz langsam abdanken, und zwar: gleich
allemann zuhauf.
Ich hab deine Lippen im Auge, mein Mund geht dir
auf –
Lauter einleuchtendes Dunkel – wahnsinnig aber wahr:
Alles schwebt still seiner Wege, golden, mit Kletten
im Haar.

Paul Celan

Die Gauklertrommel,
von meinem Herzgroschen laut.

Die Sprossen der Leiter, über
die Odysseus, mein Affe, nach Ithaka klettert,
rue de Longchamp, eine Stunde
nach dem verschütteten Wein:

tu das zum Bild,
das uns heimwürfelt in
den Becher, in dem ich bei dir lieg,
unausspielbar.

Hans Sahl

Strophen

Ich gehe langsam aus der Welt heraus
in eine Landschaft jenseits aller Ferne,
und was ich war und bin und was ich bleibe,
geht mit mir ohne Ungeduld und Eile
in ein bisher noch nicht betretenes Land.

Ich gehe langsam aus der Zeit heraus
in eine Zukunft jenseits aller Sterne,
und was ich war und bin und immer bleiben werde,
geht mit mir ohne Ungeduld und Eile,
als wär ich nie gewesen oder kaum.

Friedrich Baron de la Motte Fouqué

Leben ist ein Hauch nur –
ein verhallnder Sang –
ein entwallnder Rauch nur: –
Und *wir* sind das *auch* nur! –
Und es währt nicht lang.

NACHWEISE

Gottfried Benn

*2. Mai 1886 Mansfeld – † 7. Juli 1956 Berlin

»Fürst Kraft«. Aus: Sämtliche Werke. Stuttgarter Ausgabe in Verbindung mit Ilse Benn hg. von Gerhard Schuster. Band I. Gedichte 1, Stuttgart 1986, p. 88 f., »Restaurant«, ibid., p. 245. Abdruck mit freundlicher Genehmigung des Verlages Klett-Cotta.

Johannes Bobrowski

*9. April 1917 Tilsit – † 12. September 1965 Berlin

»Liebeslied«. Aus: Gesammelte Werke. Hg. von Eberhard Haufe. Zweiter Band. Gedichte aus dem Nachlaß, Stuttgart 1987, p. 218. Abdruck mit freundlicher Genehmigung der Deutschen Verlags-Anstalt.

Rudolf Borchardt

*9. Juni 1877 Königsberg – † 10. Januar 1945 Trins (Tirol)

»Manon«. Aus: Gesammelte Werke in Einzelbänden. Hg. von Marie Luise Borchardt und Herbert Steiner. Gedichte, Stuttgart 1957, p. 252 f. Abdruck mit freundlicher Genehmigung des Verlages Klett-Cotta.

Beat Brechbühl

*28. Juli 1939 Opplingen (Schweiz)

»Ehepaar beim Nachtessen«. Aus: Der geschlagene Hund pisst an die Säulen des Tempels. Alte und neue Gedichte. Zürich 1972, p. 63. Abdruck mit freundlicher Genehmigung des Autors.

Bertolt Brecht

*10. Februar 1898 Augsburg – † 14. August 1956 Berlin

»An R.«. Aus: Werke. Große kommentierte Berliner und Frankfurter Ausgabe. Hg. von Werner Hecht, Jan Knopf, Werner Mittenzwei, Klaus-Detlef Müller. Band 15. Gedichte 5. Gedichte und Gedichtfragmente 1940–1956. Berlin u. Weimar, Frankfurt am Main 1993, p. 223. Abdruck mit freundlicher Genehmigung des Suhrkamp Verlages.

Gottfried August Bürger

*31. Dezember 1747 Molmerswende – † 8. Juni 1794 Göttingen

»Impromptu«. Aus: Sämtliche Werke in vier Bänden. Mit einer Einleitung und Anmerkungen hg. von Wolfgang von Würzbach. Zweiter Band. Nachlese der Gedichte, Leipzig 1902, p. 50 f.

Wilhelm Busch
* 15. April 1832 Wiedensahl – † 9. Januar 1908 Mechtshausen
»Der Traum«. Aus: Gesamtausgabe in vier Bänden. Hg. von Friedrich Bohne, Band IV, Wiesbaden 1968, p. 329 f.

Paul Celan
* 23. November 1920 Czernowitz – † 5. Mai 1970 Paris
»Die Gauklertrommel«. Aus: Gesammelte Werke in fünf Bänden. Hg. von Beda Allemann und Stefan Reichert unter Mitwirkung von Rolf Bucher. Zweiter Band, Gedichte II, Frankfurt am Main 1983, p. 60. Abdruck mit freundlicher Genehmigung des Suhrkamp Verlages.

Matthias Claudius
* 15. August 1740 Reinfeld – † 21. Jauar 1815 Hamburg
»Der Tod und das Mädchen«. Aus: Asmus omnia sua SECUM portam oder Sämmtliche Werke des Wandsbecker Bothen. I. und II. Theil. Hamburg 1774, p. 199.

Joseph Freiherr von Eichendorff
* 10. März 1788 Schloß Lubowitz – † 26. November 1857 Neiße
»Im Walde«. Aus: Sämmtliche Werke. Historisch-kritische Ausgabe. Hg. von Wilhelm Kosch. 1. Band/1. Hälfte: Gedichte. Hg. von Hilda Schudhof und August Sauer. Regensburg o. J. (1923), p. 6.

Friedrich Baron de la Motte Fouqué
* 12. Februar 1772 Brandenburg – † 23. Januar 1843 Berlin
»Leben ist ein Hauch nur«. Aus: Arno Schmidt, Bargfelder Ausgabe. Werkgruppe III Essays und Biographisches. Band 1, Fouqué und einige seiner Zeitgenossen. Bargfeld/Zürich, 1993, p. 499.

Stefan George
* 12. Juli 1868 Rüdesheim – † 4. Dezember 1933 Locarno
»Im windes-weben«. Aus: Der Siebente Ring, Berlin 1907, p. 158. Abdruck mit freundlicher Genehmigung des Verlages Klett-Cotta.

Robert Gernhardt
* 13. Dezember 1937 Reval
»Schöne Frauen ohne Gnade« (Wörtliche Fassung). Aus: Gedichte 1954–94. Zürich 1996, p. 423. »Ein Sonntagnachmittag bei Strindbergs«, ibid., p. 108. »Ein Septembernachmittag in der Heide«, ibid., p. 73. Abdruck mit freundlicher Genehmigung des Haffmans Verlages.

Johann Wilhelm Ludwig Gleim

*2. April 1719 Ermsleben – † 18. Februar 1803 Halberstadt

»Einladung zur Liebe«. Aus: Anakreontiker und preußisch-patriotische Lyriker. Zwei Teile in einem Bande. Hagedorn. Gleim. Uz. Kleist. Ramler. Karschin. Hg. von Franz Muncker. Deutsche National-Litteratur. Historisch kritische Ausgabe, Hg. von Joseph Kürschner. 45. Band, Stuttgart 1894, p. 219.

Fritz Graßhoff

*9. Dezember 1913 Quedlinburg – † 9. Februar 1997 Hudson/Canada

»Liebesgeständnis eines Apachen«. Aus: GRASSHOFFS NEUE GROSSE HALUNKEN POSTILLE. Das ist die 1947 erstmalig erschienene auf Zuwachs geschneiderte und hiermit beträchtlich erweiterte Halunkenpostille nebst dem ALLGEMEIN UNGÜLTIGEN BAUERN-KALENDER von 1954 neu bebildert vom Autor selbst. Ausgabe vorletzter Hand, München 1981, p. 196. »Roßhaar zerschnitten«, ibid., p. 181.

Franz Grillparzer

*15. Januar 1791 Wien – † 21. Januar 1872 Wien

»Küsse«. Aus: Sämtliche Werke. Historisch-kritische Gesamtausgabe. Hg. von August Sauer, fortgeführt von Reinhold Backmann. Erste Abteilung. Zehnter Band. Gedichte. Erster Teil, Wien 1932, p. 27.

Johann Christian Günther

*8. April 1695 Striegau – † 15. März 1723 Jena

»Als er der Phillis einen Ring mit einem Totenkopfe überreichte«. Aus: Gesammelte Gedichte. Hg. von Herbert Heckmann. München, Wien 1981, p. 104 f.

Heinrich Heine

*13. Dezember 1797 Düsseldorf – † 17. Februar 1856 Paris

»Die Fensterschau«. Aus: Sämtliche Werke. Kritisch durchgesehene und erläuterte Ausgabe. Hg. von Ernst Elster. Erster Band. Leipzig, Wien 1887, p. 48.

Friedrich Hölderlin

*20. März 1770 Lauffen am Neckar – † 7. Juni 1843 Tübingen

»Sokrates und Alcibiades«. Aus: Sämtliche Werke. Große Stuttgarter Ausgabe. Hg. von Friedrich Beißner. Erster Band. Gedichte bis 1800, Stuttgart 1943, p. 260.

Ludwig Heinrich Christoph Hölty
*21. Dezember 1748 Mariensee – † 1. September 1776 Mariensee
»Todtengräberlied«. Aus: Sämtliche Werke kritisch und chronologisch hg. von Wilhelm Michael. Erster Band, Weimar 1914, p. 195.

Otto Jägersberg
*19. Mai 1942 Hiltrup
»Die Sinnlichkeit der Frauen«. Aus: Wein Liebe Vaterland. Gedichte. Zürich 1993, p. 30 f. »Geschlechtsverkehr«, ibid., p. 102. Abdruck mit freundlicher Genehmigung des Diogenes Verlages.

Wilhelm Lehmann
*4. Mai 1882 Puerto Caballo/Venezuela – † 17. November 1968 Eckernförde
»In Solothurn«. Aus: Gesammelte Werke in acht Bänden. Hg. von Agathe Weigel-Lehmann, Hans Dieter Schäfer und Bernhard Zeller. Band 1. Sämtliche Gedichte. Hg. von Hans Dieter Schäfer. Stuttgart 1982, p. 191. Abdruck mit freundlicher Genehmigung des Verlages Klett-Cotta.

Detlev Freiherr von Liliencron
*3. Juni 1844 Kiel – † 22. Juli 1909 Alt-Rahlstedt
»Heimkehr«. Aus: Gesammelte Werke. Hg. von Richard Dehmel. Dritter Band: Gedichte. Berlin 1911, p. 54 f.

Christian Morgenstern
*6. Mai 1872 München – † 31. März 1914 Meran
»Schauder«. Aus: Werke und Briefe. Stuttgarter Ausgabe. Band II. Lyrik 1906–1914. Hg. von Martin Kießig. Stuttgart 1992, p. 17. »Das Heideschaf«, ibid., Band III. Humoristische Lyrik. Hg. von Maurice Cureau. Stuttgart 1990, p. 433.

Eduard Mörike
*8. September 1804 Ludwigsburg – † 4. Juni 1875 Stuttgart
»Erstes Liebeslied eines Mädchens«. Aus: Werke. Hg. von Harry Maync. Kritisch durchgesehene und erläuterte Ausgabe. Erster Band. Leipzig, Wien 1909. Erster Band, p. 33. »Peregrina V«, ibid., p. 100.

Friedrich Nietzsche
*15. Oktober 1844 Röcken bei Lützen – † 25. August 1900 Weimar
»Lied des Ziegenhirten«. Aus: Sämtliche Werke. Kritische Studienausgabe in 15 Bänden. Hg. von Giorgio Colli und Mazzino Montinari. Band 3, München, New York 1980, p. 337 f.

Martin Opitz
*23. Dezember 1597 Bunzlau – † 20. August 1639 Danzig
»Ode«. Aus: Weltliche und geistliche Dichtung. Hg. von Dr. H. Oesterley. Deutsche National-Litteratur. Historisch kritische Ausgabe hg. von Joseph Kürschner. 27. Band. Die schlesische Schule I, Berlin u. Stuttgart 1889, p. 18.

August Graf von Platen
*24. Oktober 1796 Ansbach – † 5. Dezember 1835 Syrakus
»Laß tief in dir mich lesen«. Aus: Sämtliche Werke in zwölf Bänden. Hg. von Max Koch und Erich Petzet. Zweiter Band. Gedichte. Erster Teil, Leipzig 1910, p. 72.

Joachim Ringelnatz
*7. August 1883 Wurzen – † 17. November 1934 Berlin
»Nahm mich mit in ihrem Auto«. Aus: Das Gesamtwerk in sieben Bänden. Hg. von Walter Pape. Band 2. Gedichte 2, Berlin 1985, p. 206. »Trennung«, ibid., p. 43. »Ansprache eines Fremden an eine Geschminkte vor dem Wilberforcemonument«, ibid., Band 1, Gedichte 1, p. 114f. Abdruck mit freundlicher Genehmigung des Diogenes Verlages.

Friedrich Rückert
*16. Mai 1788 Schweinfurt – † 31. Januar 1866 Neuseß
»Letzter Schmuck«. Aus: Werke in sechs Bänden. Hg. von Conrad Beyer. Vierter Band. Erste Abteilung: Lyrik. Leipzig 1896, p. 289.

Peter Rühmkorf
*25. Oktober 1929 Dortmund
»Aufwachen und wiederfinden«. Aus: Einmalig wie wir alle. Reinbek bei Hamburg 1989, p. 148 f. »Paradise regained«. Aus: Haltbar bis Ende 1999. Gedichte. Reinbek bei Hamburg 1979, p. 51. Abdruck mit freundlicher Genehmigung des Rowohlt Verlages.

Hans Sahl
*20. Mai 1902 Dresden – † 27. April 1993 Tübingen
»Strophen«. Aus: Wir sind die letzten. Der Maulwurf. Gedichte. Frankfurt am Main 1991, p. 169. Abdruck mit freundlicher Genehmigung des Luchterhand Literaturverlages.

Theodor Storm

*14. September 1817 Husum – †4. Juli 1888 Hademarschen

»Nur heute ist ...«. Aus: Sämtliche Werke in acht Bänden. Hg. von Albert Köster. Erster Band, Leipzig 1921, p. 252. »Weiße Rosen«, ibid., p. 163 f. »Geh schlafen, Herz!«, ibid., p. 249. »Ein Sterbender«, ibid., p. 173 ff.

Frank Wedekind

*24. Juli 1864 Hannover – †9. März 1918 München

»Ilse«. Aus: Gesammelte Werke. Erster Band. München, 1924, p. 25. Anmerkung: Die abgedruckte Fassung der zweiten Strophe entnehmen wir dem Buch von Klaus Budzinski, Pfeffer ins Getriebe. Ein Streifzug durch 100 Jahre Kabarett. München 1982, p. 67, das die hier wiedergegebene zweite Strophe im Urtext zitiert. Zur Vermeidung von Zensurmaßnahmen ist in der Werkausgabe folgende Fassung abgedruckt:

Er nahm mich um den Leib und lachte
und flüsterte: Oh, welch ein Glück!
Und dabei bog er sachte, sachte
Den Kopf mir auf das Pfühl zurück.

Georg Weerth

*17. Februar 1821 Detmold – †24. Juli 1856 Havanna

»Der Eichenwald ist düster«. Aus: Sämtliche Werke in fünf Bänden. Hg. von Bruno Kaiser. Erster Band. Gedichte. Berlin 1956, p. 228.